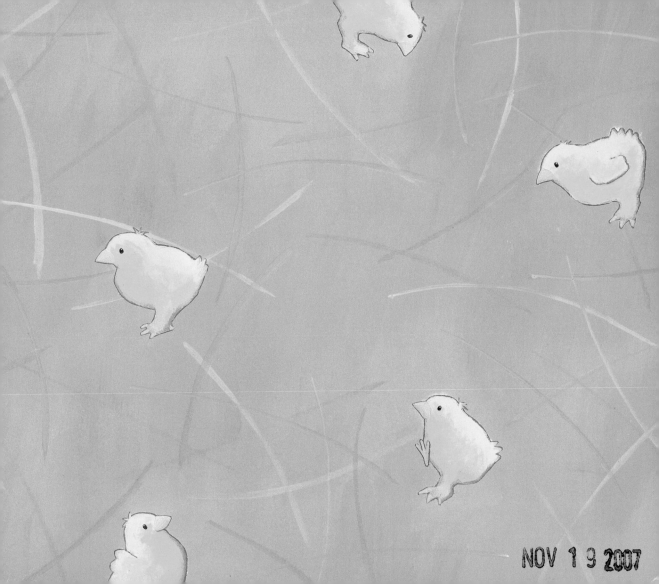

Pour Daniel,
J. S.

Pour le nouveau-né de Chris et de Sal,
J. C.

© 2003-2002 Mijade pour l'édition en français
Traduction de Laurence Bourguignon
Edition originale :
Dora's Chicks
Little Tiger Press
(London)
Texte © 2002 Julie Sykes
Illustrations © 2002 Jane Chapman
Imprimé en Belgique

ISBN 2-87142359-8
D/2003/3712/13

Julie Sykes

Jane Chapman

Les poussins de Paulette

Mijade

C'était le matin. Paulette venait de s'éveiller
et ses six poussins duveteux commençaient à remuer.
« Ils vont bientôt avoir faim », gloussa-t-elle.
« Je ferais bien d'aller chercher leur petit déjeuner. »

Paulette sortit du poulailler
et sauta dans la cour de la ferme.
Elle ne s'absenta qu'une minute,
mais quand elle revint,
le poulailler était vide!

«Où sont mes poussins?» gloussa-t-elle.

Vite, elle ressortit et courut à la porcherie.
«Bonjour, Gertrude», dit-elle. «J'ai perdu mes poussins.
Est-ce que tu les as vus?» «Désolée, Paulette», grogna Gertrude,
«mais je donne la tétée à mes porcelets.
Je n'ai pas le temps de m'occuper de tes poussins.»

Paulette regarda les porcelets
se précipiter vers leur mère.

Et qui est-ce qui les suivait ?

C'était un de ses poussins!
«Hé là!» caqueta Paulette.
«Ce sont les porcelets
qui tètent pour se nourrir,
pas les poussins!»

Elle sautilla jusqu'à lui
et le mit vite à l'abri
avant qu'on ne le piétine.
«En voilà un de sauvé!» dit-elle,
un peu consolée.

«Mais il en manque encore cinq.»

Paulette et son poussin descendirent jusqu'à la mare.
Jeanne la cane s'y trouvait, entourée de ses canetons.
«Bonjour Jeanne», dit Paulette. «J'ai perdu des poussins.
Est-ce que tu les as vus?»
«J'apprends à pêcher à mes canetons», dit Jane.
«Désolée, mais je n'ai pas le temps
de m'occuper de tes poussins.»

Paulette regarda les canetons
se laisser tomber dans l'eau.
Le dernier avait l'air d'hésiter.
Soudain, Paulette comprit
que ce n'était pas un caneton…

C'était un autre de ses poussins!
«Hé là!» caqueta Paulette.
«Les poussins ne pêchent pas pour se nourrir.
Ils ne savent pas nager!»

Paulette se précipita, et arriva juste à temps
pour empêcher le poussin de sauter dans l'eau.
«En voilà deux de sauvés!» dit-elle, plutôt contente.

«Mais il en manque encore quatre!»

Paulette reprit ses recherches.
En passant devant la grange,
elle s'arrêta pour regarder à l'intérieur.
La jument Pâquerette montrait à son poulain
comment manger du foin.
« Bonjour, Pâquerette », dit Paulette.
« J'ai perdu des poussins.
Est-ce que tu les as vus ? »
« Désolée, Paulette, mais je suis bien
trop occupée avec mon poulain
pour remarquer des poussins »,
dit Pâquerette en hennissant.

Tristement, Paulette s'apprêta
à retourner sur ses pas.
Mais qui était-ce, là,
qui escaladait la botte de foin ?

«Deux de mes poussins!»
s'exclama Paulette, soulagée.
Elle se porta à leur secours.
Ils auraient pu glisser et tomber!
«Les poussins ne mangent pas
de foin», leur dit-elle
en s'éloignant vers la porte.

Une fois dehors,
Paulette recompta ses poussins.
« Un, deux, trois, quatre.
Mais j'ai six poussins en tout.

Il m'en manque encore deux. »

Paulette se mit à la recherche de ses deux derniers poussins.
Elle les chercha dans la cour, puis dans le verger.
En passant sous la barrière…

…elle aperçut Georges le rouge-gorge
qui déterrait des vers de l'autre côté du chemin.
Affamés, les poussins de Paulette se mirent à pousser des cris.
«TCHIP! TCHIP! TCHIP! On veut notre petit déjeuner!»

Paulette allait faire demi-tour, quand elle vit…

…son cinquième poussin traverser le chemin,
attiré par les vers que Georges avait trouvés.
«Reste où tu es!» caqueta Paulette.
«Tu ne dois jamais traverser
sans avoir regardé d'abord
à gauche puis à droite.
Tu pourrais te faire écraser!»

Georges vint se poser
près d'eux pour voir
ce qui se passait.
« Ça alors ! C'est plein
de poussins, ici ! » s'exclama-t-il.
« En effet », dit Paulette.
« J'en ai six en tout.

Mais il m'en manque encore un. »

Paulette et ses poussins remontèrent en sautillant
jusqu'en haut de la pente, puis se dirigèrent vers la prairie du fond.
Ils passèrent devant l'étable de la vache et devant la niche du chien.

Paulette était toujours à la recherche de son sixième poussin.

Les cinq autres poussins étaient fatigués.
«On a faim!» pépiaient-ils.
Finalement, Paulette décida de rentrer
pour leur donner à manger.

Le cœur lourd,
elle reprit le chemin du poulailler.
Les cinq poussins se pressaient derrière elle.
« TCHIP ! TCHIP ! TCHIP ! » piaulaient-ils.
« On veut notre petit déjeuner ! »
Il y avait du grain éparpillé dans la cour,
mais Paulette n'avait pas faim.
« Où est mon sixième poussin ? »
gloussait-elle.

«Je suis là!» pépia une petite voix.
Le sixième poussin était déjà dans la cour,
et il picorait avec appétit!
Des larmes de joie montèrent aux yeux de Paulette.
Tous ses poussins étaient enfin de retour.

«Pardon, Paulette, est-ce que tu peux m'aider?»
demanda Georges le rouge-gorge.
«Je cherche de la mousse pour
garnir mon nid.» «Vraiment désolée,
Georges», répondit Paulette.
«Je suis bien trop occupée à surveiller
mes poussins pour t'aider maintenant.
Mais je t'aiderai plus tard, c'est promis.»

3635732